# NOUVEAUX RENSEIGNEMENTS

SUR LA

# MAISON DE RONSARD

## A PARIS

Par M. le c^te Achille de Rochambeau.

## LETTRE

MM. les Membres de la Société Archéologique
du Vendomois.

PARIS

DUMOULIN, QUAI DES GRANDS - AUGUSTINS

VENDOME

LIBRAIRIE DEVAURE - HENRION

1866

Prix 1^f —

(21)

# LA
# MAISON DE RONSARD

## A PARIS

VENDOME. TYPOGRAPHIE ET LITHOGRAPHIE LEMERCIER.

# NOUVEAUX RENSEIGNEMENTS

## SUR LA

# MAISON DE RONSARD

## A PARIS

Par M. le c<sup>te</sup> Achille de ROCHAMBEAU.

---

### LETTRE

à MM. les Membres de la Société Archéologique
du Vendomois.

---

PARIS

DUMOULIN, QUAI DES GRANDS - AUGUSTINS

—

VENDOME

LIBRAIRIE DEVAURE - HENRION

1866

Messieurs,

Vous n'avez pas oublié, j'en suis convaincu, l'intéressante étude qu'un de nos plus spirituels causeurs vous a donnée en 1864 sur Ronsard, notre poëte vendomois : le travail se terminait par une provocation adressée aux chercheurs et amis du poëte. « Quelle maison habitait Ronsard à Paris? Cette maison existe-t-elle encore? » A cette demande, le respectable M. de Martonne répondit par l'organe de notre cher bibliothécaire que l'ancienne maison de Ronsard, possédée ensuite par Colletet, existait rue Neuve-Saint-Etienne-du-Mont, autrefois rue du Mûrier, derrière le Panthéon.

La question a été étudiée à Paris, depuis 1864, par des hommes très-compétents, et le résultat de leurs investigations a été de nous faire révoquer en doute la parfaite fidélité de souvenirs de notre honorable collègue.

M. Prosper Blanchemain, éditeur si apprécié de Ronsard, M. Paul Lacroix, qui a publié les œuvres choisies du poëte, enfin M. Berty, un chercheur émérite qui connaît l'ancien Paris mieux peut-être que le nouveau, ont chacun pris la plume pour défendre leur opinion à ce sujet.

Nous, modeste ouvrier de la dernière heure, nous nous sommes mis en rapport direct avec chacun de ces messieurs ; nous profiterons de leurs travaux, et si, en les complétant par nos recherches particulières, nous parvenons à élucider la question, nous serons heureux de vous avoir fait connaître un point obscur dans la vie de notre illustre compatriote.

Nous devons d'abord établir un fait certain, c'est que la maison que nous cherchons a été habitée par Guillaume Colletet après avoir appartenu à Ronsard. Colletet le dit lui-même en termes non équivoques. Mais laquelle de ses maisons était celle de Ronsard ? Colletet avait eu dans son temps une réputation bien établie, il fut un de nos premiers académiciens : aussi eut-il ses moments de richesse. « Dans la maturité de son âge, dit-il dans sa Vie de Ronsard, il [1] aimoit le séjour de l'entrée du faux-bourg Saint-Marcel, à cause de la pureté de l'air et de cette agréable montagne que j'appelle son Parnasse et le mien. Et certes, je marqueray toujours d'un éternel crayon ce jour bienheureux que la faveur du ministre de nos roys [2] me donna moyen d'achepter une des maisons qu'il aimoit autrefois habiter, en ce même faux-bourg, et sans doute après celle de Baïf [3], qu'il aima le plus. » Ainsi parle Colletet ; après avoir gueusé de cette manière tout le long d'un livre, dit Tallemant des Réaux, il finit par ce sonnet :

SUR LA MAISON DE L'AUTEUR QUI ÉTOIT AUTREFOIS LA DEMEURE

DE RONSARD, AU FAUBOURG SAINT-MARCEL. — 1638.

> Je ne voy rien ici qui ne flatte mes yeux.
> Ceste cour du Ballustre est gaye et magnifique.
> Ces superbes lyons qui gardent ce portique
> Adoucissent pour moy leurs regards furieux.

---

[1] Ronsard.

[2] Richelieu.

[3] Cette maison de Baïf, que l'on considère généralement comme le berceau de l'Académie française, était dans la rue des Fossés-Saint-Victor. Elle était occupée jusqu'à ces derniers temps par le couvent des Chanoinesses anglaises, appelé Notre-Dame de Sion ou Couvent des Anglaises. Elle a été démolie en 1860.

Ce feuillage animé d'un vent délicieux
Joint au chant des oiseaux sa tremblante musique.
Ce parterre de fleurs, par un secret magique,
Semble avoir dérobé les estoiles des cieux.

L'aimable promenoir de ces doubles allées,
Qui de prophanes pas n'ont point esté foulées,
Garde encore, ô Ronsard, les vestiges des tiens.
    Etc., etc.

Ce sonnet est pour Tallemant l'objet des plus piquantes railleries ; suivant lui, la cour du Ballustre a quatre pieds carrés ; le feuillage est celui d'un grand mûrier dont Colletet vendait les mûres, et les allées sont de quatre pieds chacune[1]. C'est là que Guillaume filait des jours heureux avec sa Claudine adorée. « Il étoit voluptueux, dit Chevreau ; et pour le tenter, il ne falloit être ni jeune ni belle. Comme il ne vouloit pas être en scandale à son voisinage, et qu'il ne pouvoit vivre sans quelque servante, il épousoit celle qu'il avoit prise, et qui n'étoit pas plus tôt morte qu'il en cherchoit quelqu'autre dont il ne manquoit pas de faire sa femme. Nous allions bien souvent manger chez luy, à condition que chacun y feroit porter son pain, son plat avec deux bouteilles de vin de Champagne ou de Bourgogne ; et par ce moyen nous n'étions pas à charge à notre hôte. Il ne fournissoit qu'une vieille table de pierre, sur laquelle Ronsard, Jodelle, Belleau, Bayf, Amadis, Jamyn, etc., avoient fait en leur temps d'assez bons repas, et comme le présent nous occupoit seul, l'avenir et le passé n'y entroient jamais en ligne de compte. Claudine, avec quelques vers qu'elle chantoit, y choquoit de verre avec le premier qu'elle entreprenoit, et son cher époux M. Colletet nous recitoit, dans les intermèdes du repas, ou quelque sonnet de sa façon, ou quelque fragment de nos vieux poëtes que l'on ne retrouve pas dans leurs livres.... [2] »

[1] Tallemant des Réaux, Historiettes. Paris, chez Delloye, 1840. in-12, t. IX.

[2] Extrait des Chevræana ou Mélanges de M. Chevreau. 2 vol, in-12. Paris, chez Florentin et Pierre Delaulne. M. DC. XCVII. Biblioth. Mazar. 22616. F. G.

Tout ce que nous avons dit prouve assez, ce nous semble, que la maison dont nous venons de vous entretenir est bien, de toutes celles qu'a habitées Colletet, celle qu'il a possédée en propre et qu'a illustrée pour lui le souvenir de Ronsard. Grâce au sonnet précité, grâce aux malignes critiques de Tallemant des Réaux, nous pouvons nous la représenter avec sa cour séparée du jardin par une balustrade ; à l'entrée de ce jardin une porte dont les piliers sont surmontés de deux lions en pierre ; au milieu un magnifique mûrier, et à l'ombre de cet arbre la vieille table de pierre autour de laquelle s'étaient réunis jadis les membres de la Pléiade.

Il nous reste maintenant à chercher dans quelle rue du faubourg Saint-Marcel était située cette maison.

M. Blanchemain a découvert dans les papiers de Colletet, à la Bibliothèque du Louvre, un sonnet manuscrit de J. Leblanc, adressé à Colletet, son ami, vers 1615, qui va nous le révéler.

A M. COLLETET, SUR SA MAISON DU FAUBOURG SAINT-MARCEL.

Dans une région dite *la Morfondue*,
D'autant qu'elle est sujette au frileux Aquilon,
Colletet, embrasé des flammes d'Apollon,
Va faire maintenant sa demeure assidue.

Cette région froide à sa flamme était due :
Son feu tempérera l'hémisphère Gelon ;
Desja sa Muse y ballé au son du violon,
Sous l'ombre d'un meurier par la cour espandue.

Les poëtes voisins, pour desdier ces lieux,
Ont fait un sacrifice aux domestiques dieux,
Affin que tout arrive à bien au nouvel hôte.

Garnier avec Leblanc et le père Thomas
Le trouvèrent, ayant au chef une calotte,
Et par les vins fumeux chassèrent les frimas.

A ce sonnet, Colletet répondit par ce galimatias ridicule :

GALIMATHIAS A VN POETE SCIENTIFIQUE,

*Pour responce à ses vers faicts sur la maison de l'Autheur.*

Grand didascale de mon fils
Le Blanc, mon docte Musagette [1]
Dont la dextre porte-sagette
Rend tous les haineux déconfits,

Tes vers que j'ayme autant qu'Iphis
Ayma la gente Anaxarette,
Ont tant exalté ma logette
Qu'elle est plus noble que Memphis.

Cotisé de cette bugade
Qui vint chez moi faire gambade
Au son du luth Aonien ;

Pour ton loyer puissent tes Muses
Vaincre l'effort du Cronien
Et rendre les miennes camuses [2] !

C'est donc dans la rue des Morfondus qu'était notre maison, et c'est vers 1615 que Colletet en a fait l'acquisition. Jaillot et le plan de Gomboust nous apprennent que la rue des Morfondus s'appela ensuite rue du Puits-de-Fer, puis rue Neuve-Saint-Etienne-du-Mont. Les mêmes indications résultent des plans de Paris de Buret [3], architecte du roi, du plan Turgot [4], et de celui de La Caille [5].

Du reste, elle remplit bien les conditions indiquées dans le sonnet de Leblanc. Elle est située sur le versant

[1] *Musagette,,* surnom d'Apollon, chef des Muses.

[2] Poésies diverses de M. Colletet, quatorzain burlesque, sonnet 9.

[3] Le Plan de Paris, etc., par Buret, architecte du Roy.

[4] Plan de Paris, commencé en 1734, achevé en 1739, dessiné par Bretez et gravé par Lucas ; appelé généralement *Plan Turgot,* parce que c'est ce dernier qui le fit exécuter.

[5] Plan de la Ville, Cité et Université de Paris, ses Faubourgs et ses Environs, par La Caille, 1714.

nord-est de la montagne Sainte-Geneviève, et doit être bien sujette l'hiver au *frileux Aquilon*. Cette rue semble, nous ne savons à quel titre, avoir été le séjour privilégié de plus d'un écrivain célèbre : après Ronsard y vécut Pascal, puis ensuite Rollin, dont la demeure est encore signalée par une inscription.

M. de Martonne dit que la rue Neuve-Saint-Etienne-du-Mont s'appelait, au temps de Ronsard, rue du Mûrier. Nous le croyons dans l'erreur : nous avons examiné avec attention plusieurs plans de Paris, et nous y avons acquis la conviction que ces deux rues ont toujours été parfaitement distinctes. La rue du Mûrier s'appelait d'abord rue *Pavée*. Elle prend le nom de rue du *Meurier* vers le XV^e siècle. Le plan Turgot indique bien la rue du Meurier ou Mûrier, tenant à la rue Saint-Victor et aboutissant à la rue Traversine, entre la rue du Paon et la rue Saint-Nicolas, près Saint-Nicolas-du-Chardonnet et la rue Neuve-Saint-Etienne-du-Mont ou des Morfondus, commençant à la rue Contrescarpe et finissant à la rue Lacépède. La Caille, de quelques années antérieur à Ronsard, marque aux mêmes endroits la rue du Meurier, qui possédait de son temps 15 maisons et 2 lanternes, et la rue Neuve-Saint-Etienne-du-Mont ou des Morfondus.

Maintenant que nous avons démontré l'identité de la maison de Ronsard et de celle de Colletet, maintenant que nous avons indiqué le quartier et la rue qu'elle occupait ( car hélas ! il n'en reste plus trace depuis longtemps, et, sans doute, c'est dans sa plus tendre jeunesse que M. de Martonne a vu les lions qui en gardaient le portique), il nous reste, pour être complet, à en fixer l'emplacement exact.

M. Berty s'est chargé de cette partie du programme : il a fait des recherches dans les archives de l'abbaye Sainte-Geneviève, dont le fief comprenait la rue du Mûrier et la rue Neuve-Saint-Etienne-du-Mont. Il a trouvé dans le censier de 1646, sous la rubrique de « Rue du Puitz-de-Fer, *aliàs* des Morfondus, » les paragraphes suivants : « M^e Guillaume Colletet, advocat au Parlement et au Conseil du Roy, pour une maison où est pour enseigne *L'Image de Sainct Nicolas*, qu'il a acquise de Nicolas Lefèvre, douse deniers parisis.... XII *d*. — *Iceluy*, pour une maison suivant, où est pour enseigne *L'Image de Sainct François*, qui fut à Guillaume Massieu, à cause de sa femme, fille de Lucian de la Mare, quatorze deniers parisis. Pour ce.... XIIII *d*. — Gilles Naudé, controlleur des décimes du Nivernois, pour une maison par luy acquise dudit sieur Colletet, advocat, qui fut à Jean Massieu, à cause de sa femme, fille de Lucien de la Mare, à laquelle maison est pour enseigne *Le Coffin d'Or*, quatorze deniers parisis. Pour ce.... XIIII *d*. (Arch. de l'Empire, reg. S, 1635, f° 106, 2°.) »

Un autre censier de 1636 confirme ces détails (Reg. S., 1634, f° 106, 2°), et l'on voit, par celui de 1663, que la maison de Saint-Nicolas appartenait alors au potier de terre Guillaume Marboutin, qui en avait été *ensaisiné* dès le 4 septembre 1653. Guillaume Colletet s'en défit donc plusieurs années avant de mourir, puis il décéda en 1659. Les trois maisons qu'il possédait en forment aujourd'hui quatre, distinguées par les n°s 33, 35, 37, et 39. Ce sont de très-petites habitations, sans cour ni porte cochère, et derrière lesquelles se voient quelques petits bosquets. Elles sont très-légèrement construites, et paraissent remonter à un siècle tout au plus ; nous les avons visitées autant que possible, sans avoir pu y découvrir le moindre vestige du passé.

Nous avons avancé plus haut que, contrairement aux allégations de M. de Martonne, la rue Neuve-St-Etienne-du-Mont ne s'était jamais appelée *rue du Mûrier*. Ce qui a peut-être induit en erreur notre honorable collègue, c'est que François Colletet, fils de Guillaume, a habité la rue du Mûrier. M. Paul Lacroix pense même que c'est là qu'il faut chercher la maison de Ronsard. Entre autres arguments, il allègue que la maison de Guillaume Colletet renfermait un mûrier, objet des railleries de Tallemant des Réaux, et il suppose que ce mûrier a donné son nom à l'ancienne rue Pavée, à cause de la célébrité des réunions de la Pléiade à l'ombre de cet arbre. Puis il nous présente le journal des affiches, édité par François Colletet en 1676, qui porte ce titre : *Journal des avis et des affaires de Paris, contenant ce qui s'y passe tous les jours de plus considérable pour le bien public.* ( Paris, du Bureau des journaux des avis et affaires publiques, rue du Meurier, proche Saint-Nicolas-du-Chardonnet, 1676, in-4° de 152 pages.) A la fin de chaque numéro, on annonce que « Les cahiers du journal se distribuent tous les jeudis chez le sieur Colletet, rue du Meurier, proche Saint-Nicolas-du-Chardonnet. » A ces arguments nous répondrons que la rue du Mûrier portait ce nom bien avant Ronsard ; ensuite, nous lui dirons, avec M. Berty, que les maisons possédées par Guill. Colletet de 1646 à 1653, et celle possédée ou plutôt *habitée* par François Colletet, son fils, en 1676, n'ont aucun caractère d'identité, et que d'ailleurs Colletet n'aurait pu considérer comme située à l'entrée du faubourg Saint-Marcel, une maison de la rue du Mûrier, puisqu'elle se trouvait en deçà du mur de Philippe-Auguste. Puis, dans la rue du Mûrier, pas la moindre trace du nom de *Morfondus,* tandis que la rue Neuve-Saint-Etienne-du-Mont, qui est froide en hiver, peut avoir mérité d'abord le qualificatif qui est devenu son nom propre.

Enfin, nous avons étudié avec soin la physionomie actuelle des deux rues. Dans la rue Saint-Etienne-du-Mont, tout est moderne, et par conséquent la maison de Ronsard peut y avoir existé au siècle dernier sans qu'il en reste vestige. La rue du Mûrier, au contraire, renferme un assez grand nombre d'anciens hôtels paraissant remonter à l'ancien Paris, au Paris du XV<sup>e</sup> ou XVI<sup>e</sup> siècle. Les maisons sont bâties en bonnes pierres de taille et les murs noircis par le temps. Il y a presque partout des cours, jadis assez grandes, aujourd'hui encombrées d'affreuses masures en planches disjointes ; les anciens salons sont devenus les bouges d'une population hétéroclite, qui remplace les vitres par des papiers huilés et les antiques bahuts par des tas de chiffons infects et la hotte traditionnelle. Mais pas de traces de lions de pierre, pas apparence de jardins, ni même de la place qu'ils auraient pu occuper.

Colletet avait eu, nous l'avons dit, des moments de richesse ; il avait ses maisons *intra muros,* dont nous avons parlé. Chevreau le trouve un *admirable tempérament* et vante sa complaisance. Il parle de ses nombreuses habitations ; il est vrai qu'à l'époque de Colletet ( 1598-1659 ) les maisons ne coûtaient pas cher ; aussi notre poëte dit :

> J'ay des maisons aux champs, j'ay des maisons en ville.

Ces maisons, Chevreau les croit *in partibus infidelium.* Nous pensons que c'est à tort : si elles n'ont pas toutes les qualités et les splendeurs dont Colletet se plaît à revêtir tout ce qui lui appartient, au moins elles ont existé.

Tallemant des Réaux, qui ne flatte pas le poëte, comme nous l'avons vu, dit sérieusement que Guillaume Colletet avait à Runguis, à trois lieues de Paris, sur la route de Choisy à Versailles un *Juguriolum* [1] (cabane, maisonnette ), et le poëte dit lui-même quelque part :

> J'abandonne la cour puisqu'elle m'abandonne.
>
> . . . . . . . . . . . . . . . .
>
> Je veux porter ailleurs la lyre que je sonne [2].
>
> . . . . . . . . . . . . . . . .
>
> Mon jardin, mon vallon, mon bois et mon ruisseau,
> Exerceront chez moi ma lyre peu commune.

Telle était, en 1651 une des propriétés de Colletet ; ce luxe d'une maison de campagne nous paraît du reste le dernier crépuscule de sa richesse. Il finit par tomber dans le dénûment, et fut obligé de vendre l'ancienne maison de Ronsard, la maison de *Sainct-Nicolas,* en

---

[1] Tallemant des Réaux, Historiettes. Paris, Delloye, 1840, in-12, t. IX, p. 184.

[2] Poésies diverses de M. Colletet, Amours de Claudine ; Retraite des Muses, Sonnet, 42 ( an 1661 ).

1653, six avant sa mort. au potier de terre Guillaume Marboutin. Son inconduite l'avait réduit à la misère, et les trois servantes qu'il épousa successivement prirent si bien l'intérêt du ménage, qu'il ne laissa à *M. son fils*, dit Chevreau, *que le nom de Colletet pour tout héritage.* Du reste, il paraît que le nom de Colletet ne valait pas grand'chose, car le pauvre François, crotté jusqu'à l'échine, allait quêter son pain de cuisine en cuisine[1]. Où demeurait-il? Il demeurait partout; à chaque instant il changeait de gîte, comme ceux qui n'ont pas de quoi payer leur loyer et qu'un propriétaire inflexible met rigoureusement à la porte. Toujours est-il qu'en 1660 il demeurait près la porte Saint-Michel; dans une lettre burlesque que François écrivait, le 10 mars de cette année, à M. Richelet, professeur au collége de Vitry-le-Français, il lui donne son adresse :

> Près de la *Porte Saint Michel,*
> Chez Madame Robert, mercière,
> Voisine d'une chandelière.... [2]

Dans le même recueil se trouve une autre épître qu'il adresse à M. de Riantz, et qu'il date de la *Porte-Saint-Marcel.* Vers 1665, date de la première édition du *Tracas de Paris*, il habite la paroisse Saint-Médard; enfin, vers 1676, on le retrouve rue du Mûrier, sur la paroisse de Saint-Etienne-du-Mont. Il nous serait difficile de reconnaître dans ce pauvre diable le propriétaire de la maison de Ronsard.

[1] Boileau.

[2] Poésies manuscrites de Colletet, Bibl. du Louvre, n° 2398.